U0058719

文 **劉清彥**（阿達叔叔）

三歲時腳被熱水燙傷，在音樂中獲得平撫和安慰，從此離不開音樂。長大後常常流連劇院欣賞音樂表演，還收集了一屋子唱片。目前除了創作和翻譯童書，也在電視臺主持兒童閱讀節目，得過豐子愷圖畫書獎、開卷年度好書獎和三座金鐘獎。

圖 **張蓓瑜**

臺北萬華人。東吳德文系、輔大德文所、德國明斯特大學視覺傳達設計和插畫系畢業。曾榮獲美國 3X3 國際插畫大獎繪本項目銀牌，入選「德國最美麗的書」，入選布拉迪斯國際插畫雙年展。從事插畫、繪本創作、書籍設計、翻譯，並在德國明斯特應用大學插畫系擔任講師，目前旅居德國。

國家圖書館出版品預行編目資料

我是黑天鵝／劉清彥 文；張蓓瑜 圖
臺北市：親子天下股份有限公司，
2021.08
36面；21x26公分
注音版
ISBN 978-626-305-032-7(精裝)
863.599 110008990

繪本0276

我是黑天鵝

文｜劉清彥　圖｜張蓓瑜　附錄插畫｜李小逸

責任編輯｜陳毓書　附錄「名人小漫畫」責編｜李寧紜
美術設計｜王薏雯　行銷企劃｜王予農
天下雜誌群創辦人｜殷允芃　董事長兼執行長｜何琦瑜
媒體暨產品事業群
總經理｜游玉雪　副總經理｜林彥傑　行銷總監｜林育菁
總編輯｜林欣靜　資深主編｜蔡忠琦　版權主任｜何晨瑋、黃微真

出版者｜親子天下股份有限公司　地址｜台北市 104 建國北路一段 96 號 4 樓
電話｜（02）2509-2800　傳真｜（02）2509-2462　網址｜ www.parenting.com.tw
讀者服務專線｜（02）2662-0332　週一～週五：09:00~17:30
傳真｜（02）2662-6048　客服信箱｜ parenting@cw.com.tw
法律顧問｜台英國際商務法律事務所．羅明通律師
製版印刷｜中原造像股份有限公司
總經銷｜大和圖書有限公司　電話：（02）8990-2588

出版日期｜ 2021 年 8 月第一版第一次印行
2023 年 10 月第一版第六次印行
定價｜ 320 元　書號｜ BKKP0276P
ISBN ｜ 978-626-305-032-7（精裝）

訂購服務
親子天下 Shopping ｜ shopping.parenting.com.tw
海外．大量訂購｜ parenting@cw.com.tw
書香花園｜台北市建國北路二段 6 巷 11 號　電話（02）2506-1635
劃撥帳號｜ 50331356　親子天下股份有限公司

立即購買 >
親子天下 Education · Parenting · Family Lifestyle　親子天下 Shopping
親子天下 有聲故事書

我是黑天鵝

文・劉清彥　圖・張蓓瑜

每到星期六，阿民不必媽媽叫
就會早早起床。

柴可夫
斯基
Op.20

刷牙、洗臉，

換好衣服，

下樓吃早餐。

金玉理髮店
新娘髮・紳士頭・學生頭

然後，一路蹦蹦跳跳，
去他最喜歡的地方。

他開始暖身。

他的步伐柔軟又輕巧。
旋轉的速度又快又穩，
跳躍的姿態就像海豚。

阿民不怕腳趾磨破，不怕膝蓋又青又紫，更不怕一直重複做相同的動作。他只想——

——參加今年的公演。

第二十一屆芭蕾舞年度公演
SWAN LAKE
天鵝湖
報名方式
芭蕾舞
DANCE

為了爭取他最喜愛的角色，
不管什麼時間， 什麼地方，
他都在練習。

他不在乎別人指指點點；
不在乎嘻嘻哈哈的笑聲；
也不在乎被叫「舞孃阿民」。

他只是不停的旋轉、

旋轉、旋轉。

他要努力做出連續單足趾尖旋轉。

公演甄選的日子終於到來。

老師問阿民：「你要跳什麼？」

「黑天鵝的連續單足趾尖旋轉。」他說。

所有人都瞪大眼睛看著他。

男生跳黑天鵝，好噁心！

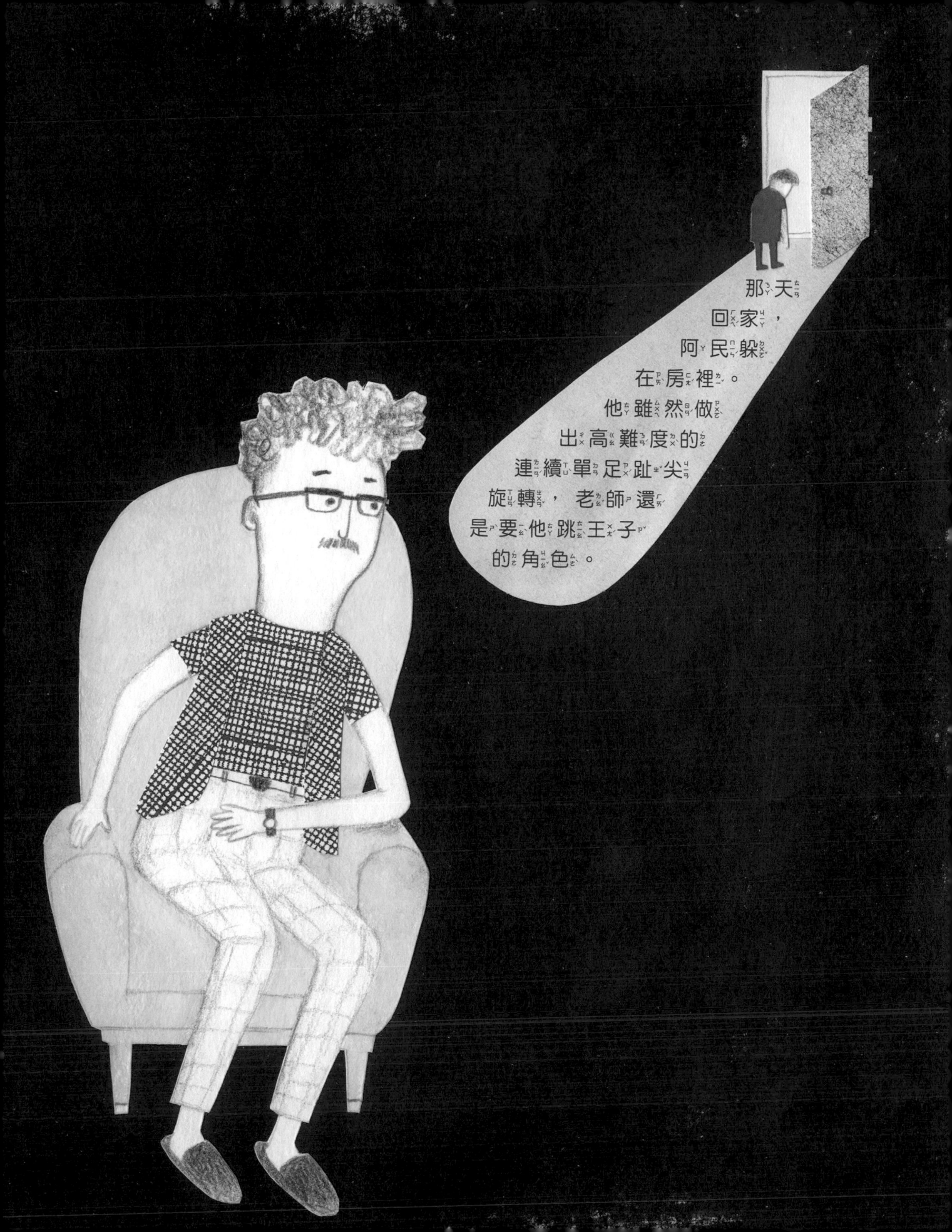
那天回家，
阿民躲在房裡。
他雖然做出高難度的
連續單足趾尖
旋轉，老師還
是要他跳王子
的角色。

練舞時，阿民的腳像是被綁上了鉛塊，抬不高，轉不動，也跳不起來，還不小心害黑天鵝娜娜差點兒跌倒。

「怎麼啦？阿民，」

同學都回家了，只有他

還蹲在角落。

「為什麼娜娜可以跳黑

天鵝，我就不行？」

「因為黑天鵝是女生。」

老師說。

「可是，」阿民說。「黑天鵝

也有公的啊。」

老師笑了。她對阿民

說了句悄悄話。

阿民也笑了。

公演當天，阿民是帥氣又迷人的王子。他被成群白天鵝圍繞，把公主高高托起，還做了好幾次騰空旋轉。

舞臺布幕落下，
觀眾的掌聲震天響，
大家扯開嗓子大喊：
「安可！安可！」

當音樂響起，舞臺布幕又緩緩升起時——
一隻黑天鵝飛了進來。
他跳得好高，轉得好快，舞姿帥氣又迷人，
還做出高難度連續單足趾尖旋轉。

阿民是明日之星！
阿民深深一鞠躬，
全場觀眾紛紛起立鼓掌，
大聲叫好。

阿民是最帥氣的王子！
阿民是天才！
「我是黑天鵝！」阿民小小聲說。

阿達叔叔說

舞蹈小故事

阿達叔叔認識一個非常會跳芭蕾舞的大男孩。有一次看他練舞，他表演了一段非常特別的舞蹈。我看完後目瞪口呆的問他：「你怎麼會跳黑天鵝的三十二圈揮鞭轉？這不是女生跳的嗎？」他笑嘻嘻的跟我說：「誰規定只有女生能跳？黑天鵝也有『公』的啊！」說完，我也笑了。

《天鵝湖》中的黑天鵝與白天鵝

黑天鵝是芭蕾舞劇《天鵝湖》中惡魔女兒奧吉莉亞的化身。惡魔為了阻止齊格飛王子愛上白天鵝奧德蒂公主，破除白天鵝的魔咒，讓她變回真正的公主，特別在王子的慶生舞會上，將自己的黑天鵝女兒偽裝成白天鵝，用這段很厲害的獨舞吸引王子的注意和欣賞。

王子也真的把黑天鵝當成公主，愉快的和她跳舞，還宣布她將會成為自己的新娘。直到發現站在窗邊、絕望又心碎的白天鵝，才知道自己受騙了。他一路

掃描QRCODE
聽阿達叔叔說故事

追著白天鵝到湖邊，還跳進湖裡拯救白天鵝，最後用忠貞的愛情戰勝魔咒，終於和公主過著幸福快樂的日子。

當《天鵝湖》被譜成芭蕾舞劇後……

一八七一年，俄羅斯的音樂家柴可夫斯基，將這個德國作家莫采烏斯寫的童話故事，編寫成芭蕾舞音樂，送給自己的外甥作為聖誕禮物。甚至後來還譜寫成大型芭蕾舞劇，在俄羅斯最大的劇院上演，和《睡美人》、《胡桃鉗》並稱為三大經典芭蕾舞劇。

《天鵝湖》的主角雖然是白天鵝，但最有名的段落，卻是黑天鵝在舞會中的這段獨舞。「揮鞭轉」，這是一種以單腳保持定點，另一隻腳像鞭子般揮動旋轉的舞蹈動作，要連續旋轉三十二圈，非常非常困難。

因為黑天鵝是惡魔女兒的化身，舞蹈動作又很難，幾乎沒有男生會挑戰這段獨舞。這也是為什麼阿民說要跳黑天鵝的時候，所有人都非常吃驚的原因。不過，阿達叔叔那天看完男生版的黑天鵝後，覺得男生跳黑天鵝，也很帥喔！

男生跳芭蕾舞會很奇怪嗎？

很多人會將一個動作、一種運動或一款服裝分成適合女生或男生。那都是因為「刻板印象」造成的。以舞蹈來說，不會有人說街舞是男生的舞蹈，卻會聽到有人說「跳芭蕾舞的男生像女生」。

親子天下專訪到高中學芭蕾，工作後轉職幫芭蕾舞者設計服裝的林秉豪，他甚至還開創一個「芭蕾群陰」臉書粉絲團，話題總是圍繞著一群芭蕾舞者，來看看秉豪分享芭蕾舞的祕密吧。

掃描QRCODE
聽舞蹈小故事

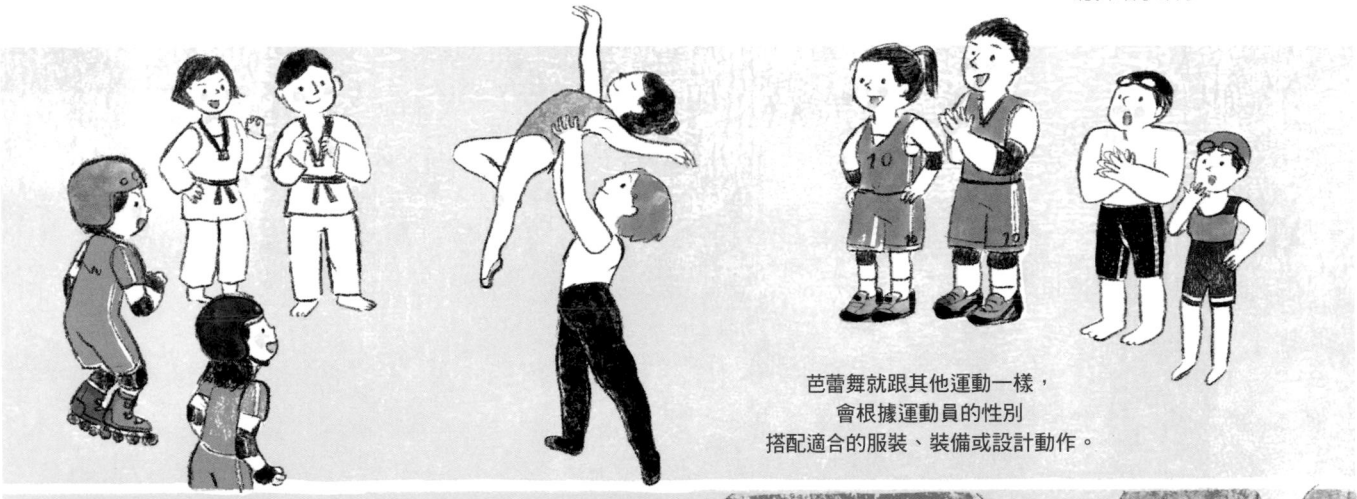

芭蕾舞就跟其他運動一樣，
會根據運動員的性別
搭配適合的服裝、裝備或設計動作。

芭蕾舞者和其他運動員最大的不同是：體態很優雅。

他們會這樣**招公車**

會這樣**拿東西**

還會這樣 **說話、聊天**

不管你是喜歡跳芭蕾舞，或是喜歡欣賞芭蕾舞者的舞姿，
只要能從中獲得樂趣，都是一件很美好的事情。

當然，如果你只是想隨著音樂、節奏擺動身體，
那就盡情跳吧！因為這就是舞蹈帶給我們的樂趣呢。